偏偏南方

敖斯汀／著

长江出版传媒
长江文艺出版社

敖斯汀

诗人。著有长篇小说《无面之神》。

中国作家协会会员。

目　录

第一辑

第二辑

第三辑

第四辑

第一辑

模拟爱人

他努力地亲吻花瓣
模拟爱人的气息和心跳
第一次，他从墓地里偷了一枝花

有些浪漫不知道来处
却渗进了她的共情……
美式咖啡。黑铅笔的苦，观看路人
他正把花举过头顶
她把时间分行：
“请用一枝玫瑰纪念我。”
挪一挪身体。

他将携带有她气息的玫瑰再回到墓地
但现在，他只想战栗着贴近清凉
像她的鼻尖，像她把手交叠于身后……
模拟的爱人抱住了他

人称和故事终将出卖她的内心
在那里，她开始了
“我爱他……”

对　坐

坐下来
如露珠在荷叶上无助滚动
樱桃木桌，我们对坐

她说，她脑子里像插了一片磨砂玻璃
我感觉更糟糕
我身体的一部分消失了
我在变小，因为麻木而有些
无情

我们的黑色素、敏感的嘴唇
掺杂了巨大的不安的回忆
因为写作而坦诚的
情感……和生活

一瓶六十年代的福尔马林
至今没有倾倒的地方，而我
还理解不了时代大于爱情，写作更是

我们紧握着手，最后她说：
希望你不要走我的老路

在二月里叫醒一朵花

用一朵玫瑰
来将时间拨乱，复位。只能是玫瑰
她到来前的
原野如别后的静寂
在二月里，可以叫醒一朵花
去代一个人说出：我爱你

多年后的二月
她认出
长在自家花园里的玫瑰很美
是她收到的第一束花的颜色
送花的人
早就没有了消息

所有二月的玫瑰最终都落在土里
像那些宿命里的爱
只种在梦境

像有爱情等她命名

虚构一个女人
一条河流缠上她脖颈
巨蟒、耍蛇人和鹰
崖壁有无法翻译的潮湿

一枝百合花走去河中
像有爱情等她命名

她从镜子中看到自己
删了又删的欲求
她是一串缀满珠玉的白项链
如同有才德的妇人

但她要逆流
她啊，有自己的河
一艘火船
纸片的，肉身的
我们还是在船上相见
又双双消失于对方

你祈祷的：“千年如已过的昨日”

好似一声叹息
度还是渡
一只渡渡鸟，飞出了书中

她抽刀砍断河流
她徒劳地砍着
水以书页的速度翻动

多余的美德

妮可塑造的伍尔夫
过于美貌，而剥夺了她思想的光芒
一颗不甘的石头
和永不破功的房子
使拥有房子的路变得陡峭

女人有美德就可以和世界竞争
为何，你还要骑士的强大？

那个声音让她分裂
终于，她来到河面上
寂静的水浸过双耳
无法分辨的妮可和伍尔夫

后来，一朵玫瑰叫弗吉利亚·伍尔夫
她每开放一次都要叫喊
以使花的重瓣湿润
她抬起双腿，离开地面
这不死的毒药却在纸上沙沙地游动

写字，使女人免于了忍耐
和多余的美德

五　月

一尾褪下银鳞的鱼
在月下藏匿尾巴的慌张

它模拟水波转身
把母亲，从石榴里召唤
五月里我们重组了姓氏
转眼，你溢出了我身体的小河流

未到来的时间
在你腮边升起珍珠
你在歌唱，幸福。却不声张
你吐出：湖泊、松果、秋天和小泡泡

哎，你这最可爱的债权人——来，叫我妈妈
看那五月
布满你牛奶般的掌心

颤　抖

一滴尤加利油滴进眼里
世界躲进瀑布
陷在四月的雨中
清晨的撑伞人站立于红绿灯前踯躅

雷声滚动
她颤抖了

镜　子

有一些魔法古老而诚实
比如一面凭空制造了我的镜子

这是博尔赫斯最讨厌的事物
“因为镜子使人类数量增多”
你决不重复
镜子是我的好伙伴
修正我的表情
也替我想起了基因之河里，我偶然的出生
拥有反光的身心
我望你像在望我的女儿
我看见水银在涂满全身
在通向我的隧道
在我生出自己的阵痛里

吃　我

在那平行的世界里有另一个我吗
在五月阳光下眯起双眼
每一个抉择数学答案般完美

现实的我总被时间吞噬
挥霍
直到让浮肿也爬上我的脸

我该如何命名一个陌生的我
把此刻的生命编码：20190516
写入时间的兽口
地点：在剑桥

钟里住着的哲人
早就参透了事物的一次性
我耳朵里布满钟表
传来你咔嚓嚓吃我的声响

祖 先

像《日瓦戈医生》那样走过大雪
那样开头
我父亲在酒后讲述的
姓氏、族谱和破冰之铲

我无法解释的梦：
以棉花为腿。弯弯曲曲的我，无法抵达
田野的小格子密布在枕上
祖先和我站在土里
聆听着那边河水的声音

我也遭遇他人的祖先
搭载我的司机说他的族亲
就葬在我窗外的崖壁上
推土机带走了他们夜里的窃窃私语

我在花园里捡拾的牙齿
或许，正是他的一小片儿祖先

我们活着，祖先就活着

让　我

让我在冰雪中携带火种
迷惑于终点
让我提着斧头砍去想象力
给自己缚上甜美
让我做迎面而来的普罗米修斯
悬崖无法审判我
让我在理想中强壮
转身，就和温良一刀两断
让我向祖先袒露伤疤
我没有战胜——基因之选
它使我成为一个好女人、坏诗人
不重要
我已经写好了自己的剧本
让我大声些
再大声些

三个女人

贵　妃

她一唱，舞台就摇晃起来
她的手化作白绸
声音里的沙，包着石头

你台下看着：
她的眉梢很近

你只知道她叫 A
A 在舞台中心打转，“邓肯之死”，你想
一瞬间恍惚
你想为她赎身，抱宝箱连夜过江

暮色四合时，你
濡湿于红漆的墙外
胸前有一个词语在衣裳上不离开
等了一夜，白纸黑字。她回信说，她是独身主义者

第二年，贵妃用白绸自缢

从此，你再不进戏院

《飘》

昼夜交错
我打燃汽车时
你正在田纳西州梦见成都
你的声音总海浪般退去和涌来

我们隔着的不只海洋、喜马拉雅和“东与西”
还有一个时代的可能性
你骑铁上路
鱼眼鞋、钩钩针和一本《飘》
两次成为母亲

你大笑起来
太阳花取代了邮戳
蓝色的院落和你
航线里不再有尖锐的怀疑

夜里，我梦见一只中国蝴蝶飞进了教堂
你说会为我祈祷
像把一颗颗糖投向药房
因为，我们可分享的不是幸福
——而是苦痛

健身女子

河槽低低，汽笛声显得急迫

你反复折叠，拉向年龄的反面
想那陌生的船只，昨夜
如何将你一分为二

再拉伸一厘米
情欲的编码、悄悄话
都可以扮演恋爱感觉

脚踝开始疼痛
你渴望的是弓，还是箭？
成为人妻的那一步你没有跨出去
任后背下着人言的毛毛汗

你是剥夺了果实的曼陀罗
是更完整的你

一小截离乱

“一百年了……”
我们看江喝茶，说那时离乱

头顶的银色飞机，依旧轰鸣
乘一叶孤舟
打捞传奇的长眠
大抵我死于江边
而你在隧道里咽下了表白

也说那名伶，藏于深山
和她雾般的个人史
下江的甜和川东的巫术
历史总是布满暗语

新闻发布会上
我没问出的那个问题是：
“你的父亲在北碚究竟有没有爱过那个人？”
一个著名的中年男人的死
时间拽出了他
身上滚烫的河

无期徒刑

四下里暗沉下来
闪电出场
要把初绽的嘴唇浇灭
继续——雨季的无期徒刑
把眼睛放在街道、屋顶、窗上。植入
一位陌生妇人的伞柄
那赤足行走的女子，像是疯了一样
一把金色的龙握在手中
眉毛像旦角一样画入发际
她在攀爬中打滑
鱼尾的裙子游过街道
她一定有丰富的情史
爱是满足
也是惩戒

一块骨头

你皮肤下微热的凸起
一个戏谑的打圈
在停顿时刻
总有命定的问题靠近，你和我

我总有的：“谁的骨头？”
这让你焦灼
我的幻听——骨头撞击的声音
平坦小腹上羊群聚集

听我说
我曾经由一块肋骨而来
我的喉咙里，开出了一朵花
也能开出你蒙住我双眼的汤

神圣的骨头——在西方语系里
在我们这里
男人的肋骨越多越好

顺　从

一个在咖啡厅埋头写作的女人
繁响淹没了她的岛屿
她的指节抚摸着
像攀岩者想抓住点什么

她紧靠的椅背露出竹节的骨架
这一定是一个竹子般的女人
在月影下化为妻子
白天，她崎岖着通向别处

生活并不总是布满糖霜
她的阴晴，我的阴晴
她的盐
我的。

你说，还有什么比做一个顺从的女人，更好？

她闭口不谈自己处境
如果好只能有一种形式

事　实

“事实上我们世代为稻粱谋，根本没有时间思考哲学和窄门。”

一场大水从头顶打泼碾断了我的声音
每一次演讲却避其锋芒——当被问到尊严是什么
我停止了谈论
被船只划破的河面恢复了平静
我也恢复了

大　雨

我等待这场大雨很久了
风吹动一杆子衣裳
和六月热气浮动的黄昏
严酷的闪电
正暴露它突然造访的激情
除了我，谁还在意这城市里的一场雨？
也许屈原会在乎

大雨是河流抬头吐一口气
是在走廊上把一株病梅扶正

过去时

白水杯有九个棱面
是我借到的冰山
轻饮一口
一块礁石陷落在心
剩余的空杯
可用来收集
江风、汽笛声。过去时
你说出誓言时
微微发红的脸

我爱一座城市的理由无法启齿:
父亲、夜里四点的码头和
爱过我的人

新身份

别离的理由和相恋一致：我们过多的爱
会引爆足够的战争
所以，回忆越少越好
只需谈论你的新身份：一位父亲

你的陌生感在话语中发芽
你的精神和肉体，都使我恍惚——太远了
他留在
我们告别的地方

所以，亲爱的
我保持微笑倾听着你的新生活
你的幸福并不能报复我
我爱的显然，不是你

雷　声

在六月里我活得小心翼翼
横生出末日之感
失眠的夜里
我对自己进行审判

夜里，江上雷声轰鸣
神圣的声响——像有人帮人类把巨石举起
又砸下
我心上也装满了石头
最大的一块，替我爱着我逼仄的道路

值得期待的夜晚只剩下了，雷声
我爱大自然有骨感的夜晚
爱极端而危险的雷声
爱我刚刚好的年龄

鱼

下刀子吧
似鱼的鳞
半透明的孤独
一小片就切碎了活路

它在菜板上跳动
以它血活我的血
我把自己放下了油锅
大地上一块舌头疯魔了

我是一尾鱼
那窒息人的挣扎
鱼因鲜活被围猎
美会成为受难的理由？

你是我的鱼。我是，我命里的鱼。

正　午

午时
蝉从远方归来
叫声有未解冻的虚弱
午时的梦中，我模仿麦浪翻滚
风的细蛇
爬过脚背
蝉，它又叫唤了起来
正午的窗帷厚
田埂般地厚，远方的人们抚摸着镰刀
辨认它与指纹
哪一个更锋利
辽阔的晴空总让我想到故乡
无人问津的大山深处
玉米正把彩色的头发纷披

我们拥有共同的来处
却在多层的白塔中难以相见

做那样的女人

在梦中涉水而过
桶里装满伍尔夫
人和书一起念诵
——柔融的黄昏
顺应了心意的一天才是蜂蜜覆盖的一天
一些时针在脚踝间位移
一些灵感：她的命？谁的命？
戴上手套摆放食物，也把它们看作角色
我的桶中也装满了石头、水
和我家族里女人的故事
它们全部有毒
教唆你我：做那样的女人

而现在，我端详双手
只有喂养世界的黄油和一片有机的世界

秋　天

桂花有整齐的队列
细若枝条般的香气
将路过的人鞭打
“桂花闲落”——
想起这个词时
我低头匆忙走过
刚走过暴烈的酷夏
走过……壮年……和爱情
桂花慢慢冷却着我
接受秋天一般的未来
秋天里
一个爱你的人时而激烈时而沉默
胜过那完美的演讲者

滴　落

掩上日历
一滴陈年的咖啡渍
在笔记本上画出阴影
过去的某一个日子
……滴落着

滴落着
滴落着
天空卷起白边袍子
雷声在远方闷响：那一天最好有一场雨
让我深刻地记住
一、打湿脚
二、用锅铲翻炒耳膜
三、腰隐隐作痛
四、一天又不辞而别……

碎片拥塞的日子是不堪的
在那些日历里我住在云上

约翰·伯格在山间

惊为天人的
约翰·伯格在山间
鬓发、胡须、黑白影像中的诧异表情
都纷纷可捕捉成，一根芦苇的磷
发光，发亮
它飞起来
苍野间栖息的白色雏鹰
下午的光刀切下一个个
烧灼我满身的小问题
这阳光下的瞬间
我把它叫作“约翰·伯格”

雪在遥远的地方下着

看雪的人转过身去
我掩上了脸

有一片带有命运感的雪
落到我乌黑的头发上
风驮来了刀割我脸的力度
我把雪捏痛
捏成你茫茫的行踪

逐爱的单程票并没有回程
在冬夜，我
一个在雪中飞驰的女人
因为献出自己而更加穷困

那场雪下到现在——多年后
回忆它，最好的地点是在南方
可以流泪也可以宽恕
要允许
雪在遥远的地方下着

第二辑

只有一寸地方醒着

只有一寸地方醒着
叫南方

不出所料
一月里，土壤酩酊大醉
二月里，燕子裁剪尾巴
三月，我用平舌的口音赞美春天
四月，在荒芜的野寺中
抽到一支无字签

在雪中，我看见一朵梅花
她坐在枝丫上
她赤裸着，在逆流而上

戴维的山中岁月

一步一步
他退进南山深处
弯腰捡拾，历史果实落下的声响
记忆的灰烬还堆在林间
她还在吗？她的翘檐与木地板

她窗子里的灯还亮着
一株冬天白山茶，还开着
开出纽约浓雾的白
她的他们。如果活着
会有多少爱情流传？

他在钢琴上按下黑白键
左边重一点，右边再快一点
热血的风，吹开了琴上的布
他十指发力
一段弹奏开始：
历史并不是非此即彼

冬泳者

以水触碰彼此
在丝绸上滑行
如同一艘船和另一艘船
迎向暗礁
寓意一段爱情的发生
漩涡似动未动
足以淹没我们的水
悄然交换的液体和热度
我们是注定的两条鱼——以鳞阻隔
对冬泳者来说
回到岸上，梦就醒了

人生后半场

病痛的人生后半场
此时，打开自己
向一盏水银灯解释
一个晚睡的夜晚
一段黑材料
它泄露着
你脆弱的尊严
和正在展览的坏生活
“我也有过几个孩子”，你回答着
看那白衣人的字迹
神符的笔触和一堆药片
像是大赦的签章
你俯首，致谢
转过身去，哭一次

用一枝雪柳纪念你

一枝二月的雪柳像
长满锯齿的鞭子。从深灰的长江往上
沿途的水路
雪柳抽打他们

这春天里的细雪之花
别在你胸前的最后一点白
如今，它以雪柳的刺
把亲人锯倒在河岸

我们凭泪眼相认
我们视野模糊
把玻璃体、晶体和脉络膜都叫作雪柳
雪柳看见
一个女人追着灵车
她跑起来那么慌不择路，像被抛下的孩子

雪柳，请转过身来
用你的青，你的白。用你刺破封锁的
花和萼去辨认那张脸
和属于二月的残忍

一捧雪柳飘进我的眼里
弹落的花瓣，皆粉，皆白
在那众神的惊慌之地
我要创造性地用一枝雪柳
纪念你

春　天

春天不开场
如等待的人
不至
一行小叶榕又粗壮了一些
蝼蚁在优哉地回家
而我如蒲公英
晃悠悠。从高往低
投下轻声的抱怨——
春天在地心深处
没有声响
我知它在沉默
一朵花来不及拱出
来不及粉红、姹紫和金黄，叫什么春天？
我们——若不是怀着坚硬的乐观
如何能度过
这假冒伪劣的春天

此地陌生

在重复中我练习极致的忍受

夜又挂上了黑色的窗帘
梦中的自己
每一个毛孔皆流淌着洪水
我不能将喜怒哀乐输出
不能咳嗽
在梦中，我再次失语
忍住爱情和忍住咳嗽一样艰难——谁说过的
我的梦境一直向前奔跑着，像有一个声音提醒我
“不要回头看。”
哪怕是，瞎了眼地狂奔
重复地跑和
重复地梦
此地好陌生
此处省略三千字……省略掉我

丢失的三月

三月不同于以往
一树花开了
落下的花瓣铺成毯子，没有人踩上去
三月我的眼皮与心脏一样沉重
迎风流出眼泪
就种下了过敏的病历
三月，北方仍在下雪
南方撩起了初夏的衣袖
人们无法彼此理解
如电线上的鸟儿也不互相交谈
三月春风野
拿下花朵的风速让人心慌
我愿意
四月有力
五月的骨头，种进土里

困　境

鸟鸣，在公园的湖上如雨
微型跑道上
快跑和慢走的人
渲染树下的阴影
他们没有留意到
这是一座没有表盘的时间博物馆
一位
暮年者努力划动手肘
像要向过去的壮年注入未尽的剂量
一位
不那么年轻的人，就是我
正要将温和的湖岸线决不激进地走完

我们对视
在遗憾的过往和克制的未来，又加了一个零
或者减掉一个零
人的故事不同
困境一致

覆　盖

跨过匿名的事物
你来找我
你看见
我的躯体正被
文火中的细柴熬干
不仅是我世俗的名字
还有我食指上的响动——远离了烟火
一把不知道谁遗失的钥匙
一道牧羊女的幻觉
所以请你
覆盖我吧
以你嘴唇的盐覆盖我身上的雪
两道濒临绽放的闪电
把晴空的表象终结
我拒绝向世界解释我读到了什么
因为每个字都从火中取出

下午的灰

秒针转着虚静的圆圈
它每转动一次
桌上的水渍就缩小一点
河流上的水纹就密实一点

我，这房中的灰色，就深一点

黑与白之间，修辞的灰色
把现实嵌入假想
也可把套住我的茧，脱下一层
挂在兰草上
那里一定有我。有我举棋不定的观望
尤其是下午
尤其是一切无法挽回

这时我渴望黄昏和夜晚
那些黑色可以安放我
暗夜嘀嗒，就无人看见我
头发里的灰

斯嘉丽

有什么不老？
一小簇斯嘉丽的紧身衣
我眺望她——盔甲里的女人
谁能用十指来帮她
帮斯嘉丽脱下黑袍
成为母亲后，她也有了眼泪
她的脚踝瘀青
她站在第三十三节处
分离自己该有多痛苦
分离出头发
牙齿
掌纹线
分离眼泪——不再为自己而流
分离劈开紧身衣的巧合
巧合就是
走出门去，斯嘉丽的爱情就开始

甜　牙

一颗发甜的陶瓷牙
放进我母亲的口腔里
她亲吻我
会更有力

母亲在广场上笨拙地舞动着
她说发胖和忍耐，女人都无法避免
她说着，颇为安慰

是吗，妈妈
我不能给你最好的我了
但我可以给你
一颗好的陶瓷牙

我的爱有凶狠的味道
世上最好的爱都是凶狠的

最　后

用数字来行刑
像鱼
卸下每一片甲
所剩无几时
大限将至

察觉衰老
最好时分是黄昏
其次，是现在
那么多春天里二月杏花的味道
再见时，已不可追

一个人要避免悲欢
就要切断通往世界的道路
在时光的尘土中
艰难起舞
独自地行进

那些热烈参与世界的人
他们也会忘记
雷同的名字

成或败于，保质期之前

他们说这是四月最后的日子
说的时候没有欢欣
五月，无数的五月，万箭齐发
去到一条鱼照见微光的最后

她不再需要鞋

女孩儿不能忘记自己名字
经你手
她的嘴唇失去了水
手指丢了羞耻
一度
她枕平反骨
如盲鸟在厨房里乱撞
女孩儿把自己钉在墙上
她数你迟到的节气
芒种、夏至……
女孩儿梦到自己走在水里
水也有羽毛的姿态
她要成鱼
成摩擦白豚的石头
崖上看管石棺的蜘蛛
她不再需要鞋
世人再也看不到她的脸

《英国病人》（一）

一颗糖
在方匣子里跳动
舔着罗马的黄昏
脖子上的深渊，蛙者之洞
爱情就像一场疾病

长满灰鳞的人
正将回忆献给，爱的朝圣者
在废墟中
她旁观。起风了，那意识流的风
吹过 1940 年代
一阵火过后
爱情断裂于沙丘和临终的床上，并无不同
一颗痣长在眼中或锁骨也并无不同
都是被爱拣选的人

她被用来解释死也无法终结的情感
用糖封住伤口，一种方法
用手按下快进键
他说：“让我告诉你，我是如何陷入爱情的。”

爱人讣告

他用毛笔写爱人的讣告
那让爱更像爱
柔顺的，一如她的眉和头发
笔舔吻着纸，为又泛起的爱压惊
她的名字
第一次见面时心头的涟漪……

我们听说的爱情故事
没有海棠不如牡丹
也没有病痛、脱发和梦话
丑的罪行没有多于
乱过的方寸

他们相爱时背对了世界
只向一个人说你好美
只对一个身体纵欲
花园里姹紫嫣红，你只折取一枝
有僧侣的诗意

一个人站在滚滚红尘边
常常，不胜爱力

有人终会因为我写下的而哭

对河流单相思

水滴无法激起伟大的回声
只会安静而卑微
像下午阳台上的碎光阴
我写下我的经验
融于人群又保持颗粒感

我明白
写下什么——远甚于别人对我容貌的赞美
逃离到虚拟的世界
我被捆绑在磨盘上

活着本身
是为了解脱还是执着

所以，我写下对河流的单相思
她永不枯竭
她盛满了水
也许，有人会因为我写下的而哭
在河水最深最深的
深处

平　行

星辰没有见过正午的太阳
也绝缘了
黄昏的哀伤
此隔绝
不逊色于夏虫语冰

同样的
白不识得黑
光不携手暗
轱辘上的人
无视步行者的虔诚

瞬间与永恒站于河的两岸

如果我们已经平行着飞过
那悲欢，不是大于、小于、约等于……
它只会是
确定的等于

等于两条铁轨通向陌生的地方

发　明

“奥利给……”
那个孩子冲出来

要将我当场击毙
一种遥远的语言难以参透
却可以发明快乐

早晨，在杂物间里回忆
中午，溃败于食物的饱腹感
六月那么好
——还没有到
雨突然下起来
如此即兴

“小朋友，你叫什么名字？”
他回答说他没有名字
他说的时候很警惕
揭示了六月的迭代

六月是带有硅胶味道的
带走了忘了自己童年的母亲

金句子（一）

像捏造出另外一个人坐着
她看见了，时间、鸟、羽毛
她多像老人
哲学家或疯子
……失意者
在欢乐的反面，刻舟求剑
日复一日的流水。让未来羞惭的证据
堆砌了一些时日，又画掉

试问：究竟哪些是徒劳
哪些又是，必须的折磨
换一个人称和名字
金句子——我内心的危崖和河水

没有什么是必须写下的
像一个人在第一页就寂静地死去了

寂静的

寂静，是海明威的一颗子弹是墓室里的笑声是梦里被绑架是盛大的表演无人拆穿是好了伤疤忘记了痛是午时的长鞭是死猪不怕滚水烫是世间的寻欢作乐和高贵无关是脖子上的纸枷锁是自身难保的发疯是走到哪里黑就在哪里歇

是五月迟迟不去困苦漫长切掉六月：（这不是断码，寂静掠走了意义）是陌生的人，我为你哭泣你却不知

艳山姜

她生活着的手有芹菜的味道
在匆忙的早晨
心刚打开缝隙
路边的艳山姜就进来了

第二天，她再路过
花因为太过美丽，而被砍头

她的篮子里只应该有：罗汉果、黄连和化橘红
唯独没有
耳后的红晕
昨夜隐秘的幸福，包括停下来
对一株植物的怜悯

以贤德之名
过多的家务正将女人活埋
如艳山姜被人偷取了一生的时间

她知道：需要奋力抵抗的不是镰刀
而是一种观念

人老珠黄

清晨
鸟鸣的瀑布从树上泼下
预示七点的撕开
一年一季一月一天
香樟和飞鸟的欲望
如兰舟催发
渴望长命百岁的人
在一朵玫瑰前人老珠黄
也许我们活得太久了
也许我们死去多次了
我们像两条河流迎面躺下
飞鸟和花朵里
都有无数个新灵魂的昨日

献　身

一颗阿拉比卡的卵巢
远渡重洋
唱彻着,《伤心咖啡馆》之歌
它的香气冲洗我
大脑皮层的花蕾，冥想开始滑行
冰凌的形状
无声呼啸：一粒一粒揉湿爱情线
这是一个废墟上的下午
在字里行间画线
为流血的动物修补皮毛
一颗咖啡豆粉身碎骨
才谈得上献身
本书也是
我合上书页：虚造的神正在融化
回到了他应该常住之处

世间所有的河

细雨浮想联翩

失去了流速的江水
像老人那样蜷起了身体
它成为土的一部分，宽心睡去

屈原的名字像一笔遗产
他是否已经变成河底的一块石头
一尾鱼
和拒绝再复制的一条基因
水的呼吸比船行走的声音大
它吞下了自己的激流

只有雨声

修复着河面的皱纹
所有的雨都是从河流出走的孩子
不要指认它
让它的舌头，再多停留一会儿
停留在世间所有的河

妈 妈

寅时，孩子啼哭
一粒玉米埋下她的性别
夜以对等的阵痛
来兑现
我挑选母亲的运气
她是发如黑木耳的妇人
肤白如雪，泛起锄下的银光
来的路寒冽
我赤身裸体，握紧双拳
我挑选
她是属龙的妇人
用指尖也能点化粮食
驱赶门外的鬼神
我挑选自己
献给你，妈妈。回到出生夜
我听到一位母亲的
哭泣

长江是本缓慢的书

城墙哭泣
众神死亡
千年的沸腾沉入水底
岸上，瓦砾长出新绿
长江始终流速缓慢
平静如亡者
不悲不喜

从封面到封底
长江是本缓慢的书

风仍在吹过峡口
地心入口处
漂浮着白色邮轮
长江是一本缓慢的书，一掩卷
熄了舷窗和灯火

我十四岁追赶河流
归来时四十岁

雨跋涉而来

流到长江里是回家
散落的雾，山峰。不是诗和书
只有长江是一本书
作者：时间之神

江水微醉
我不是李白，我是悬崖上的眼睛和
水底的石梁
旱夔门和水夔门
锁了的门
成灰的相思
无名的墓碑

一只白鲟的尾巴有我的名字
请以土话呼喊我

让我看着你再升高一厘米
像读一页
无字的书
我读得越来越慢
如同享受缓慢的刀割
我的泪水从眼里溢出
和江水的流速一模一样

我已经不是我了

青铜的时间把手
转动早年的个人史
出发的船
拉响第一声汽笛
那催促我的鼓点
和我的孩子，在多年后等候
圆礼帽盖住了鹰的送行——像要扯住
我蕾丝花的裙摆
我倚靠在铁栏杆上
一切未被剧透，未被……爱
——如今，我又重新站在船上
山、河水和松林并没有老去，但
我已经不是我了
吹拂我的江风懂得
我为何，低下了头

肋骨

把身体打开，诚实地摊在大地上
望见江水，也潜入了它的人格
铁船留下梳子的排列
在水下
谁在抚摸一道石梁
像抚摸情人
谁在抚摸
河神整齐的肋骨？
它没有多一块，没有少一块
枕着河神的人们是幸福的
戒指在花园里可以轻轻转动
以免谈话终止
我的腿先是茫茫的
接着是五官和头发
我看起来就像被泼出去的水
我渴望，我是河神的那一块肋骨

艺术家

雨落下来
大地被浇淋成筛子
夜里，你抬高一厘米
就有星子游进暗河
一张奶酪片和草间弥生①有同样多的孔洞
我摇摆不定
是率先
成为涂黑色嘴唇的艺术家
还是
隐忍的我母亲的母亲的母亲？

---

① 草间弥生：日本艺术家。

我有两次相信爱

我本无意偷窥
在那陡峭处
铃兰的白羽
祈求着
落在野鹿的角上
在另外一座山上，另一朵铃兰
正把它身体里的光亮呼唤

铃兰计算风的速度
她要那尖锐的角
把花鼓起来
她要鹿出现在林中
谁可以翻译一朵花对爱情的模仿
和争夺
人类的男女
逊色于一朵花的勇敢

我有两次相信爱
一次在花前，一次在暮年后

南方（一）

让我们一直走
往南方走
迁徙的大雁和低飞的黄沙
在后视镜里，铺排送别的行列

让我们看：
切断的山脉和垂柳的诗意
水银一样宝贵的河流，变得黏稠
庄严又枯阔的北方啊
跟我一起读：
仞、黛、崖、岭。
还有：
凹、稷、峪、圻。
它们写在地名牌上，他们远眺
南方的水草缭绕处
女人头发又长又湿

过秦岭
往南方

鸟儿的叫声不再苍茫了

镜子把北方甩在身后了
河水和女人，终其一生都在奔向更低处
更容易的南方

让我们一直走
往南方走……

南方（二）

风的指尖在山的脊椎上走动
从最北的肩
滑向尾部
这一段山岭的骨和肉
云的双眼开合出星月的倒影
宽窄之间
少不入川，少不入川
唯恐落入锦绣和红粉

有一个梦，迟迟不醒
让我回到南方吧
南方蒙住了我的眼
只余雾、水、吃和爱
南方肤白如雪
是一个女子有棱角的名字

让我
纵身一跃——醒来了，南方

在人间（五首）

1. 我学着

像他们一样坐下
把手放在膝上
痛苦就从指缝中
下跌成小瀑布

像他们一样靠上
冰凉的墙
白墙上有灰色的渍迹
那是什么人，曾用头抵墙哭泣
留下的纹路

像我现在一样，含泪。又闭上了眼睛

我学着像他们一样
我学着说这句话：
“来人间，就是畅游苦海。”

2. 婴孩

你那么小
抱在怀里像棉花
一用力就会缩成一团

婴孩啊
你一定是不好了
提行李追赶你的人
一个是你的外婆，一个是你的母亲

多少年过去
一切荣誉属于孩子的姓氏
婴孩啊
你的父亲在哪里

3. 咖啡厅

在下午
选择拿铁或馥芮白并不是问题
光秃秃的广场，和好心情较劲

它没有一棵树
或者一朵花

玻璃后的女人
哭过的女人
眼珠蓝灰色的女人
穿鱼尾裙的女人
她们脸庞美丽，却不微笑
如园丁吝于种花

如果你的目光掠过她们面前的病历
就会醒悟

千万不要在医院广场喝咖啡
这会让悲伤半杯甚至满杯

4. 走廊

牙齿和骨骼散发着气味

不是身体有病就是精神有病的走廊
这里没有乳液、香气
布满碎花的小布毯
小床旁唤着乳名的母亲

只有一条让我感觉羞耻的走廊

死亡从未离开过
从走廊这头到那头的距离
如产道般幽暗，也如地狱般靠过来
我等我的名字被电脑念出

眼下，我又敲下几行字
就这一会儿
走廊上的人又黯淡了几分

5. 白茉莉花

桌上的白茉莉是上一个病人遗落的
更多的名字挤进屏幕
他温柔地问我是谁
从哪里来，为何来
回忆病因让人痛苦

且慢，且慢
我看到白茉莉的香气在升起

菌群和人群
我们手心的卡捏得发烫，像抓着稻草
心电图如一条股市走线
脑部是流水冲洗着石头
神在我胸膛间建造了悬崖

挂满了粉色的小零件

请让我婉转地催眠自己
在缴械之前
把时间的余光推进血管
我就是
一朵活过来的白茉莉花

泥菩萨

白发渐多
丈量日子的软尺
人人头顶一把
活的意义
饱腹感、高级的情欲

我所热爱的静坐
是类似信徒
向自己的信仰的方向朝圣
竟然与意义无关！

请放弃虚名
放弃过誉的夸赞
我思考，为了免于浅薄
却建造了孤独的庙宇

我就像抱着泥菩萨
我无法过河

某一类女子

八月
一树桂花
载满亿万吨的呼吸
争夺敏感的人的嗅觉
白天时，你看她
花朵藏在枝叶间，显得相貌平平
桂花明白自己的道路
只拥有繁星般的
小野心
我站在树下
想起来
桂花树最知性了
像某一类女子

最好的我

夜晚凉了
白纸写满了
一只拳头松开了
我的少年睡去了
我母亲的母亲
又复活在我的脸上
我心惊胆战地取出粉色的枷锁
因此透支了
人类休养生息的夜晚
汽笛呜咽
我的署名亿万分之一
我要再造一个来世般的我
让我想象：
一切未开始时，最好的我

黄昏列车

这列火车在穿过黄昏
它呼喊着
像一把刀划过
山峦、暮色和微尘
它当载有远方的气味
沿途的方言
一些被子和果子
秋天浓缩的诗意
唯独声音是它自己的
唯独终点是它自己的
时间的拉链拉上了
只有它还在呼喊着
分开夜色，合上一天

它走过的轨道渐渐冷却
岁月的流逝并不惊人，只发出迟钝的光

伟大男子

有一秒静止
肉身盘踞于圆桌的边上
掌心相抵
如佛的沉思
想象——
蒲公英在飘往远方
莲藕怀孕
麦浪起伏
没有谁，为我的笨拙停止了生长
无法避免的
世界正呼啸着奔向前方
掌心升温时
我以废弃的恒星自我安慰
谁让
我的灵魂里住过一位伟大男子
总以为世间一切
唾手可得

穿上一条河

太多的日子雨雾茫茫
清晨时我穿上雨衣
穿上一条河
我捂着
泄露踪迹的火
混迹在鱼群中
我顺流而下，危险而美丽
有些雷电
昨夜已经发生
我穿上一条河
掌心里有两条干燥的相交线
一条是命里带来的
一条是鱼
看新闻——最珍贵的白鲟已经绝迹
一个女人，也从码头走失

孩　子

今夜我要把一屋子火星
燃成火把
让缺火的孩子
蒙无名之神的恩宠
孩子，我吻着你的脸是幸福的

现在，我抚摸你的斗篷和剑
昏昏欲睡的辛波斯卡
和东方的流水一起去你喜欢的朝代

我所讲述的
都可歌唱
都可辨认
我的孩子：出生的，未出生的
杳无音讯的

漂

河上卧着无鳞的巨蟒
珠江舰在明月沱
它制造的小小喧哗
路过一个个悲情的码头
在北岸。它叫唐家沱，主宰回流
明月何时有？
2021 年和 1941 年都在河上漂着
我以为江上再无浪漫
那轮船的汽笛声
听起来却湿了慰藉
一个人踩着舢板往下游而去了
最初我看成了鱼
他全身插满刀刃
伤口细小
他的斗笠在空中飘
1941 和 2021 都在河上漂着
像一个河流对远方的冲动
旧军舰可以逆流而上
时间不能。书中的你不能

生一堆火

一切事物在黄昏时变得消瘦
十一月的冷
你抖动呵出的雾气
和你衣袖口的黑狐毛
我并不着急冬眠
那节气的瘦树枝
爬满了血管的天空
别欺骗我
我认识冬天依靠的不是眼睛
我可以摸
闻
或就是在黄昏时
为自己生一堆火
黄昏是乳白色的地毯、暖气、木阁楼
是花园里的大绣球
摇摇椅、围巾
是暖着我的树
和树下

长江边

1. 道具

水退下后
一整棵树，仓皇漂流
树枝、藻类、贝壳、被单也是仓皇的
它们是水的风筝
在上游
水寄出了没有收信地址的信
下游的人们没想目睹上游的生活

这些陌生而不幸的道具
对水，保持了忠诚

2. 疯子

在河滩
疯子显得镇定
河在他身边
静静地流着
疯子心里有旷野

他审美脚边紫色的花朵
朝天仰卧
用手指蘸野蜂的蜜糖吃
疯子与河流平行
他是安静的
他不愿和长江交错
有一个疯子，已经跟随水去了

3. 钓鱼人

钓鱼人在河滩坐下
一只灰色铁桶
半截空荡的裤管
他向河流耐心地抛出问题
真正的钓鱼人都像鱼变来的
一枚鱼钩和一根鱼刺的形状近似
他试探温度
今日的水深
鱼儿游来的气泡
唯独不关心，警句与标语：

“在此处钓鱼者，打断脚杆。”

信义街

信义街是一个地址

在我十岁的记忆里
它是一封写给父亲的信
坐江渝号，走上水，去我仰望的一座城

信折了又折
水汽蒙满牛皮信封
它出发的时候有返程的力量
男人、女人、孩子
稳定如立春的发生

信义街今天在江心
它和金竹寺一起下沉
我的手指沾满江水
我再不写信
我父亲再无故乡

我终于配得上你了信义街
我仍是你的路人

无名种子

在黄昏时掼下一把种子
以果腹之名
它们是：粉碎了衣裳的花生
赤裸着身体的米
白豆如鸡的肾脏
它浅蓝的血管眷念着久别的天空
莜麦带着贵族气质的微苦
种子——
它们在成为粮食前多珍贵
所以，请细嚼慢咽下这些无名种子的一生
最好的晚饭里，血缘亲昵
餐桌像温柔的围猎

弹琴的人

黄昏时我听到琴声
它使听觉变得神圣

她弹给开着的玉兰吗
一颗花苞落了下来
冬天已深

她弹给，小跑着的送饭人吗
他慌不择路
秒表在追着他

她弹给干净的心灵吗
我朋友圈里的善良人
她说，在医院看到的孩子母亲
多要了一碗免费的白米饭

琴声又响起来了
我慢下了脚步：心软，没有罪

像梅花又走上街头

新旧之间
一位总是准时出现的卖梅人
带来了半座南山的消息
而我，甘为时间的囚徒

又一年了
亲人朋友可安好？
我渐渐臃肿的身体
和总被打断的远足
我无法放下的，无法逾越的
能清零的不是时间，而是心态……

旧的钟摆仍套在新的半径上
在钟声中我低声倒数
数着数着，泪流满面
不知不觉来这座城市多年
像梅花又走上街头

复 活

一匹残马复活了
铜器的蓝在阴影里
我们在火炉边翻开博物馆指南
凝目一次古代

纸张嘶鸣
如刀片切割视野
一小片瓷片在地下的沉默
足以长过大多数人的一生
而人，万物之灵——为何总将荒谬重复

我的匮乏感来自
无法谈论和自证——祖先被美神爱过
我们像一只批量生产的工业杯
只盛满私人的欢乐

一匹残马有你的眼神
是悲伤而不是欢笑的时候

第三辑

初　雪

雪在她心里堆着糖人儿
——那个女孩儿
她轻盈地走着
踩下辞旧迎新的鼓点

听不见钟声
却连空气都显得庄严
她的前额落满了糖霜
让人想舔一舔

她捂着咖啡杯的手
有兔子心脏的战栗
她的笑意在光背面
却又分明被人偷偷喜欢着

唯有她和新年是匹配的
坐在玻璃后的我
初雪也落在我翻开的书中
一段画线的句子上
明天，我渴望再看见她

新　年

天地间什么都没有
时间却在降落
光线，滚动着洁白的心愿

在一扇静的窗前坐下
从河流里捧出白纸、白历史、白头发
可辉映，还没有发黄的旧年

它们包括：
过剩的激情
凝固了全部感官的等待
夜里徒劳的推翻
我梦见自己被啄食和吸吮

与我交集的事物，沾满了我的碎屑
直到，我望向新年

我清零我的陋习，我能改变的
把戒律温习三百六十五遍
世界是洁白的
只有新年拥有这神性的白

冒　犯

整个下午
我和恐怖麦恩在一起
粗暴的快递员敲门
“砰砰”。雷同了谋杀和剧透
一座水泥花园封堵我的逃路
没有血迹，樱草山很美

要绕很多圈子
我才敢呼唤灵感
在厨房、下水道，龙的呼噜声
在大吉岭的谐音中

敲下一个开头
对完美人生的冒犯
对白象式的群山和案发现场
一次构造，一次删除

我最冒犯的事就是远离温驯
在句子中我已雪盲

雪是众神沐浴的盐

一缕暖风领了指令
吹开了桥下的半树桃花
冬天过后
它不肯降服的粉嘴唇，张开了

大地收听着花的摇晃
北方的列车，载来了雪后的静
一朵花里
有春天和春天的辞别
有南方和北方的对望

回忆翻山越岭
雪落在山巅、松果和皮肤上
雪是众神沐浴的盐
它擦洗春天、孩子和铁轨
也擦洗一个叫安娜·卡列尼娜的女子

在雪天里，我爱上了书中的爱情
一步有一步的火焰
谁活过了冬天
谁就有了下一步的火焰

平 息

大鸟擦着蓝色泪滴低飞
热风中
我脱下北方
用一截跳动的白色胳膊
迎回沙滩上的现实——
一小堆发热的蚂蚁
它们正在亲吻，并交出彼此的气味
我直视着光：
光之神，请暴烈地切割我人老珠黄的眼睛
直到眼眶潮湿
直到我的指缝塞满一个人
细密的毛孔。然后
海浪，借你来来回回的身影
平息我
身体里的轰鸣

花神微憩

她爱着
一片声音从轻嗅里涌出
层峦叠嶂的迷网，鹰看管着
桉树花伞洁白
花神微憩
蛇分心治理枯黄的草

她爱着
硕大的红花如钟
银色尤加利轻若鸿毛
嗡嗡的，是恋情的低语
一段荆棘外挂的藤蔓
像独身主义者

她爱着
花落尽时的暮色
花神驱赶蛇回它的领地
引诱每一朵花开放的
是
她爱着
这不是秘密

有 风

一阵风的出现是一棵大树带来的
它的声响传译了海浪
上一年的台风剥夺了它的树冠
阳光以针尖的密度
使它重生和澎湃

有风
就有了一棵树在黄昏前的踯躅
牵着风的枝和叶
在空中的静止和突袭
我注意到风的时候放下了戒备
等待着
它对我的缝补

月桂没有四季

一树南方的月桂为我开着
无锋芒的香
客厅里
我挑选每个字
远离了一块生姜和刀

我就是月桂一样的女子
用脚抓住砂石
接住去年一场小雨的恩赐
在贫瘠中自我圆满
不犯桃花，也不犯煞

我假设我也是一棵月桂
挂了一树小花魂
从平凡中唤出自我
一棵树对我的陪伴是偶然的
月桂没有四季
也不会挣扎

疾走的人

他在疾走
步伐里，攒满了生活味道
染发膏堆满了头顶
一只塑料袋兜住发尾
他要。黑色。
足以让青春狠狠地再来一遍的
最黑色
他疾走着
有一道门在等他一道午饭也等着
流血的鲫鱼等着
他等待白发转黑
如坐在文火上
终于，他决定回家
一簇簇墨汁顺脖颈流下
这让我明白
此刻所有对气温的控诉，吹弹即破

出　走

合上书
却不能关掉意识的水流
一个行走的人正迈开双腿
剪开空气
每一步是咔嚓咔嚓的

在走动的我的影子
抵抗着足尖和大地的合谋
要拽住
一个婴儿大脑的女人
她丰腴的身体为人类带来后代

还有走来走去的《使女的故事》

我储存的盔甲
在爱的名义中倒戈
一枚流星切割了风
在书里的画线处，我看见
谁的喊叫正在出走

失地一种

要荡涤掉多少铁屑
我才能写春天
要把线埋于二月去年的大堤
无限地长……等待……

我写时
春天正对我进行颅内扫描
麻醉着我的坐骨神经
我写时
大地在二月还是处子之身
却又饱经风霜

二月和四月都是疾速的
春情碎成了泥
线条抽成雪柳
瓷片贴成杏花
每一瓣都端坐着春天

我们终究要错过这个春天了
那时，被埋于土中的人
我应用嘴唇、舌头，用我肩头的圆弧

来替你活着
为春天暴虐地收复失地

春天，我可是你失地一种？

金句子（二）

桥上的黄玫瑰
没有夜莺为她歌唱
她就动手撕裂了河水

为般配她的不幸，他必须残缺
他们轮流抽完一支烟
在嘴唇和嘴唇之间
交换了力

她开口
吹一口气比一声枪响，更震撼人心
她从未见过的人
跑来，撞进了靶心

“夜里梦见了一个人，醒来后就去见她（他）”
金句子把歧路也照亮了
一粒一粒地
烫伤了鼓膜

我记住了《新桥恋人》。因为
我梦见的人给了我一个好的清晨

走　神

你不能对黄昏轻佻
对塌下的躯干
想入非非，窗外
人潮匆忙。夜色中白色梨花开着
自我处置
从第一节关节到末梢
因摩擦而微微生汗
我走神了
因他腔调柔软
将我向地面再下降了一厘米
我看到了梨花的白
他的手指一直在弹动
我——已经到了为手指心动的年纪？
如果不是，那触碰的瞬间
花为何纷纷地坠落

催　更

夜里下起雨来
由远及近
像把河流引上天空
有一阵雨声如马蹄声从天边疾驰而至
又转为抚摩大地的“沙沙”
到底是什么让它不忍
不舍得全部交出水
别担心那些花了，迟早要被雨盗走
通向夏日的台阶上
雨是来催更的

粉山茶是花中的女权主义者
她不要果实
和雨，交谈了一夜

对你的爱抚除外

“腓特烈？”
你转过身来

狐狸是石头一样的颜色
你是巴洛克风格的男子
是雪水。钉棺材的人
你是，你是
把开头双倍重复
一次开始，一次扣动死亡

下雪了，腓特烈
雪是狐狸那么小的名字
你的大吉岭茶
停歇在她下船时
水流着，你的声音像哭
一个凭空制造的人活了过来

他是动人的孩子腓特烈
世间善变
对你的爱抚除外：
“夏季，神圣的土地变得微醉。”

《英国病人》（二）

尾随一个男人我走进了废墟
在软床上
黑色苔藓开出一朵花
开出伤者
你用丝绸和膏药淬炼我
你婴儿的软，终于使我融化

如果可以撤销，《英国病人》的结果
仍然只有一个
你喘息的风铃、减缓的声响和血管
一只火烈鸟
翻过沙漠的日食
从她脖子上的漩涡抵达你髋骨的海峡

我亲吻一本书
如同你的身体是个仙境

后花园落叶满地

梦见了什么
比如滑进午月巳时
比如手抱婴孩
穿过淹没腰际的水

我醒来时两手空空
直到我提交：一杯浓缩咖啡

直到一个孩子
一个歪歪扭扭的孩子为我端来食物
他说着我的乡音
他收到了，我的一小簇感激

在梦中，我也是被丢在码头上的孩子
站在木筏上漂远
从树叶上走下来的孩子
他的残缺和我相同——后花园，落叶满地

第四十四次出生

我出生的月份里
日光如岩浆倒流
小乡村里，我父或我母
见我是女孩儿，可有失落

我和银河对视
在月光中，暴露着肚皮
一条河流来接走了我
那是我质变的开始
远离了土地和蜂群
我是一块儿城市的水泥本身

如今，我仍活在我出生的月光里
我卸下的片甲变白
我誊写的诗篇成灰
在生的偶然里，你将遍寻不见我
如没有名字的箭矢

去那儿

八月，云朵浮动
田野神圣如祭坛
一把谷子在掌心，献给天空
老人说："留下种子，自留的……"

在南方北方的车站流窜的
很多种子，一颗颗，带着纹路和姓氏的
人的种子
温暖的汁液略多、略热、略红

可它终究是一颗种子
一只知了在我阳台上歇息
以长音为我带路：去那儿……去那儿……
去我们的来处

我迁徙又迁徙
空壳，如未孕育的稻谷
我仅余双手
是谁在扮演我，甚至我的故乡

暗　语

某夜，在一床南宋的涟漪中上浮

音色嗡嗡
似乎无穷安慰
春江花月夜，再往前挪动
潜入弯曲的琴身，暗语姣美
我愿你是：我没识破的前世和来世的人
我也饮酒
也积攒，脸颊上胭脂的秋

我们停留在对话处
拨弄
嘶哑的清鸣，锈掉的半个宋朝
又有了银色涌动
有些曲子我听一遍就会水汽游弋
那么
如果有断续处就让它空一空
如我心上的留白，不必注释

南方的甘蔗地

冬天，甘蔗在最强硬的节子处
模仿父亲
埋进南方地里的甘蔗
发出了母性的乳芽

它的开花和结果无人目睹
只盲目地储存着什么
长江边的丘陵里
甘蔗拎着镰刀般的叶片
幻想恋爱，等待一对男女走进甘蔗林
以体验什么是——甜

它最终等到了河风
并依靠想象，炼出了糖
——南方的甘蔗地
我外公，也种过
在地里，我完成了如何自我给予
这
基本的家教

支　点

正午时
菜花蛇第二次出门暴走
它毫不招摇
人的惊呼声却碎了屋瓦
魂魄立正
太阳的影子游出了眉心
美丽而危险的事物
蛇
拖着女娲之尾
她的肉身过软，反射之弧过长
它以腹部行走
寓意女人的支点
想到这，我可怜自己

都是些闲句子

鱼汤般发白的一天
有不计其数的暴雨

我捏碎青果
每一颗，都是懈怠之果
微小的念头不足以惊动一个标点
把玩短板
一遍遍。不介意又过了一天
我钟爱的闲句子

在珍贵的时间中湮灭
海洋的水向两边分开——我仍选了最生僻的那条路
任你放下万条梯子
也无法识别我了
是哪一种爱让我缴械
又在魔咒中再次坐起
一个三角折痕，一声脆响
都是些闲句子

广场诗

触动你的，诗的时刻
不是奔跑的年轻人
而是广场上那些老去的人
他们扭动身姿
五颜六色的音乐
和白鸽一样起起落落
他有笨拙的嘴唇和空旷的牙床
她生育四个孩子，早失去腰身
一小撮的，一小撮的人
他们舞起来了
髋骨左右摇摆起来
我写诗，你们跑动或者跳舞
没有谁比谁过得更好
无非都是闭上双眼
用力送出

倚　靠

过江的列车
引导我一路后退，后退
使远方成为淡影
我在这座城市的熟悉
正在陌生化
屋顶以灰白向我告别
一些更年轻的面孔上车又下车
但已经不是我
她们脸颊上的四月
手机里的梦
正要逆流而上
我的回忆在桥上抛锚
两个自己走出躯壳，去倚靠在车门上
倚靠在我们共同的经历上
刹车声，像一段唏嘘

今夜有星就是了

月光与星星交替着
和云谈判
夜航班，牵出了山谷里的雷声
有一颗星那么亮
匿名的星
不安分地争取着擦亮的一瞬间

为辨认它，一颗小银屑飞进我眼里
我与遥远事物的默契
纯属个人癖好
如果天空像碗把我扣住了
我就要发明与我匹配的希望

一颗匿名的星
弹落银河的余烬，与我对视
它在我眼里会逐渐滚烫起来
今夜有星就是了
虽然，确定的事那么少

第四辑

一双手

列车驶过水田
它打破了镜子
每一寸裂痕，被一双手捏过

土因此有了温度
种子，强悍的种子
在土壤下气息粗重

我想我听到了它的呼吸和吞咽
水把种子撑大
撑满整个路旁

端坐在列车上
我试图在身下找到土
长久看：我就是种子本身

有一个瞬间我觉得我好小
如土下深藏的块茎
以跪地的姿势
我在等待一双手

将我翻动
垫上石头

二　月

屋里飘起了桌子
冥想升起
南方水库旁，坐标恍惚

一只年兽的变化——从老虎到兔子
凝视它，就会进入树洞的深处
又一个新年开端
小憩于饱暖

很多天了
我只简单生活
二月适合端坐桌边痛吃
骨头开出梨花，回到故乡

我像还拥有不绝的想法
和春天才开始颤抖的心
字词的子弹穿过冰封大地
一粒也呼啸
山里的雷声
发出咳嗽的节拍

二月里我长久坐在桌边

我是磨刀石上小块儿的留白

阿弥陀佛

“你应该出门走走。”我母亲充满担忧
我无法和她分享——“枷锁”
她看到的是
我落满了
他人的尘埃
还有我搬来搬去的书架
尽是些阿弥陀佛

她担忧的一切都发生了
她把菜抱进抱出，叹着气

母亲在屋顶的园子里种植
她不忍心用言语泼洒我
她扶正幼苗
请它们临时扮演我

一场暴雨后，幼苗全部活了过来
湖水和山峦中，母亲微笑了

复述爱情

你相信了魂魄有不死的道理

一名长相嚣张的男演员
像久未谋面的旧爱
琴弦绷断时
一滴眼泪，滴入了他头上的金色海藻

他当是夯土的鼓点
一曲终了
肝肠寸断
琴匣里的眼睛变得湖泊般蓝
有只手开始抚摸起伏的弦，就像
抚摸情人的身体，她也一样起伏

——复述爱情，我的笔显得笨拙
天亮起来
床上睡着漂亮的孩子
我的裙子兜满母性之果

——《红色小提琴》

同一天

在比例为零点二成熟度的社群里
与人彼此挑衅
多数人沉默
唯恐，被剪了舌头

下午两点
一架飞机垂直坠毁

同一天
早上下了不计其数的大雨
有一场，追我到星巴克门口
淋湿我脚后跟

和我一般快进的
多刺的话语
似乎昭示了我们正在成为机器
那你为何：为陌生人而哭？

同一天，我读到海子的诗
他说我们活在这珍贵的人世间
让我的眼睛，离开人世几分钟
让珍贵显形

下午四点

下午四点的公交车
行驶得轰隆作响
它驶过急速变化的云
和椰子任性落下的窗外
它让阳光落到了实处

只有在晴朗中我才感到自己活着
这是西南生活的病
我来到，最南的岛屿
怀乡的心情总是突然
如瀑布飞驰

我紧紧捂住蓝色的丝绸帽子
似乎要遮蔽我的外乡人身份
才能温习
这是又一次鲁莽的背井离乡
下午四点，不疾不缓
适合交出一条路的白卷

盲　鸟

夜幕收紧时
我听到来自故乡的鸟叫
使我停止了睡眠，在更深处
溢出了
漂泊的惆怅

该种玉米了，你听那鸟叫声
它殷殷地在山谷鸣叫
谁是它的听众和心爱的鸟
难道，它是一只盲鸟

该种高粱了，你听那鸟叫声
一棵胚芽发紫
它的发育卑微
花也不能称为花

鸟还在叫着
是一只北方来的鸟，迷途了
我的日历上记着：四月、土豆、纸、药片
盲鸟——
我故乡的李子树
在夜里，一身雪白

抱　歉

风，又紧绷了
街道溢出了灰色
方块字击打得排山倒海
历史挽了一个圈
又一个圈
写到这一页时字迹模糊难辨

我应为温度升高感到抱歉
为我遇见的沉默感到抱歉

我所继承的一定不止这些
我誊写的，我擦掉的

凡人之诗

1. 旧衣衫

我们的儿女冒昧相爱
忽略了口音、饮食和距离
他们是一个个流动的果实
走向有史以来的远方

而我在原地
守护着祖先骨缝里的果核
我必接受
那个秋天后
孩子登上了南来北往的列车
只留下我，这件他晾在故乡的旧衣衫

你或许见过我
在地铁站的第三个通道旁
我一身远道而来的气息，向你问路
头顶落着薄薄的雪

2. 站台上

铁轨是两条硬线
一辆列车，轻轻驶过后
大地留下两道擦痕
车站的名字，在轮下粉碎

此刻。我是南方站台的小点
小，也有六月的炙热
一小截下午就这样剪去了
飞机正要剪开云朵

我遇见我
不同身体的我
新旧交叠的方言
窗外：不相干的屋顶、椰林和新坟

火车哐当哐当地开着向前
似乎我的电量也在被耗完
铁轨越来越接近银色
恰似我眼里的光亮

3. 我

没啥可说的：
四十五岁了
我用我母亲生我时的力气
狠狠地活着

我自觉活得很累
其中不乏自作自受
我写下：我
这已经很了不起
一个平淡无奇的出生
却要我用一生去拆解的八字

它们是：
丁巳、丙午、辛酉和庚寅
越来越堆积如山
越来越强悍

夏　夜

走廊里
夏夜变得浑圆
田野的远处
燥热的粮食正彼此揉搓

年复一年的六月里
它们正在接生、庆祝，也哀悼
它们抢收一滴雨
忙碌得没有时间像人类一样思考

我祈祷
我的子女如庄稼
我吃下的每一颗粮食都有我
每一颗种子里，都住着人类的神

脱　靶

我们很久没有拥抱
妈妈，我总吝于给出温柔
给出示弱
但是我的盔甲在装作像你……强大的
事实上，这不是事实。

你把受过的苦织成警句
你一遍遍灌溉我的心
再满上——“先苦后甜”

妈妈，你的女战士归来了
叫贞德也叫，蔡文姬。你从电视里看到她们
露出了笑容
但是，你眼看我的眼泪滚落
而不伸手
接住它们

现在，我们并排躺着
说的都是琐事
风吹拂着胖起来的腰身
我们想着让各自生气的男人

妈妈，那甜蜜的靶心我一一脱靶
别哭，妈妈
我数次走进你的同一条河流
从哲学上来说，那又不是真的

往　昔

1. 往昔

鸟振翅后
鱼在佯睡
蓝色的湖舀进我的影子
一丝涟漪坐等着一阵小风

清晨的散步是否让一天变得更好?
在湖畔
我跨越了围栏，在大镜子前
假装安静

其间，我收听留言：新西兰的湖
与哈维尔
仿佛不可能再见了
又突然地，笑出泪来

我们的足迹，刻于
我们共同的往昔
毫无疑问

谈话会终止于彼此祝福

在最后的一段阴凉里
我真正地，散起步来

2. 他说他是需要诗的

身后的昨日
变成了燕子的长尾
我抚摸树的干壳，崎岖感
呼应着
大脑里的电流

我们谈到了“白蛇”
谈到再创造
一个含糊的宋元
想象的城邦，断代之痛
他说他是需要诗的
尽管所需要的不是我的
“一个能讲故事的，重构源头的……”

像没有性别的，S. A. 阿列克谢耶维奇①

---

① S. A. 阿列克谢耶维奇，白俄罗斯女作家，2015 年诺贝尔文学奖获得者。代表作《切尔诺贝利的悲鸣》《二手时间》。

和阿伦特？

我踢着自己的影子
如实相告：我仅仅只拥有一点软弱
那恰恰是文学最不需要的
我能干什么？
竹林摇晃着，宣告阵地属于它
我——也有的，寥寥数语

3. 看一次湖水就是照一次镜子

它推我至茫茫的境地
湖在眼前
在人迹罕至之地
结下我的临时居所

我躺在白色物品中：
衣柜、镜子、一张象征团圆的桌子
为更好的——想象中，伟大的母性
我驱赶自己，从北到南

二十公里外的城里，我看见
咖啡机的小细管里
流出第一股热水
“还是拿铁。”我，海市蜃楼了另一个我

就像湖水重构了自己
我的倒影里，一尾鱼在水里侧着
它有受伤的泳姿

看一次湖水就是照一次镜子：
我，是否爱过自己？

群　山

父亲很少出现在我的讲述中
年幼时，他离家的背影，总消失在群山
黝黑的褶皱里
我假想
夜里的群山
有一只手电筒，为我带来父亲
和他在亮光中现出的肩膀和轮廓

有一次我终于忍不住
对着山喊了一次父亲
它回应了什么我听不清，但我感觉它活了
或许
缺爱的人都是山野的孩子
群山乐意做一次父亲
向人类交出，温情的内心

光又抽走了一座山

黄昏时
山和光较量着
星群迟迟不显露
天空的黑碗下
一朵蓝色的云，抵抗着夜的暴力
山一点点跌进地平线
光在它的下颌、嘴唇、额头消退
像在替它沐浴更衣
峡谷收起了抵抗，率先沦陷——像人身上柔软凹陷的部分
光徘徊在山巅
它要亲手，把山的灵魂变成黑色
很少的星和骇人的风一起布阵
转眼间
光又抽走了一座山

我不应怀疑山没有心和体温
因它有古代士兵的庄严

一滴雨

一滴雨以亿万年来的身姿坠地
它编织大地的手法娴熟
又无比地震撼人心
陌生的土地和飞鸟啼啭
雨激起的烟尘细小
一树玉兰不堪雨的潮湿
落下了花瓣
仿佛越纯粹的事物越能感受到
轻微的叩问
一滴雨来到了我的脸上
我看见远山处
一幅灰调的山水正收笔于古老
寂寂无名的一滴雨
保持着亿万年来的属性：和寂寂无名的我们一样
不被记住

我是否越来越像我的祖先

河流并没有停止向前
我却束缚在高处，看见
裸土、空巷和庭院里的小叶榕
和空气相谈甚欢

记载历史的手迟疑着落笔
似乎不愿意承认
这雷同的脚步
像虚构故事中的反面教材

我们整理西红柿、白菜和稀缺的白面条
弹着心中的低音
如果不事梳洗
隔着屏幕也感觉苍老过快

我是否越来越像我的祖先
我找不到比他们更低
更无欲无求的了
我不能，返祖他们的面孔

七　天

有些词，对它的使用必须慎微
但上帝偏偏以七造物
融入宗教、音乐和博物
七曾使人幸福
现在是屏障的美名
此时，数着七的夜晚
可以垒起
掩卷的历史书
一小瓣河山坐在叹息上
回应起恐惧和屈辱
文字痛，眼泪痛
高楼上眺望的人
也可自我类比：我是被缚的普罗米修斯

七天时，就去河里放一盏莲花灯
这窒息的夜晚不必铭记

我嫉妒

我嫉妒鸟儿
它们在无人的石板上散步，也曾置身弹弓下
衔来春天
我嫉妒它们无法徒手捕捉

我嫉妒一棵树
它突然就密叶遮天
且还要活我几辈子的样子
我们在本子上画掉一天，它却长了几厘米
我嫉妒它有一颗要活、也能活的心

我嫉妒流水般的时间
它最小的支流
也能轻易冲洗我的大半生
我嫉妒那时间剥夺不了的心灵

人，精致的大脑
沉重的肉身
连痛苦也是需要历史的

读　诗

“别睡，别睡，艺术家。”
“不要对睡梦屈服。”
雪清洗了大地，你就要睡着了

扫地人的皮靴声把人惊醒
在梦中你云游四海
不像现在，握紧双手
保持着划向悬崖的姿势

雪遮盖了墨迹
你的书架上
每本书里住着一位故去的好朋友
而你是最后离场的那个

有了语言就没有了墙
我们的幸运源自，隐蔽的神圣
别睡
别装睡

心灵的总和

一双手浸泡在早上六点半的菜池中
下午
也出现在玻璃后的圆桌上，画一只老虎
用我总是被分段的睡眠
造一层离群索居的薄纱，审视着
我的谷底

发白又微微浮肿的眼睛
缺乏社交的四肢

如果，我在土豆和萝卜中努力，也会变成
土豆和萝卜
所以要表达
我指甲中凌厉的部分
没有天才的爆发
只为了让个人的水土流失，少一点

勤劳有什么用
荒废有什么害

你看文字就在愈合中生长

我平视着世界：

“这就是我心灵的总和。”

十　指

她的手在他的额头试探
这沉睡的孩子，中间隔着
她无数的爱情和夜晚

她弹拨水银温度计
把她未做完的梦，木排般地
放往下游

他昏睡着，因为一次疾病的攻击
他确信那些将他围住的暗影
是他母亲的手臂、乳房、胳膊
她的脚趾和嘴

她在他身边爬来爬去
把他从夜色中呼喊回来
他发烫的耳郭
胸脯传出的鼓声将她烧灼

她只有一双平凡的手
有时却透出神圣

一厘米的春天在裂口

湖水以菱形的图样摆动
鱼又游了一厘米
云以鳞片落棋，照见
深潜的呼吸

就像湖水与天空互为梦境
互为隐喻和答案
春天与冬天也互为命运
在寒冬
我，一个以为春天轻易到来的女人

春日迟迟，我在长廊里
手无缚花之力。我的呼吸
也变得柔弱，
这是一个土壤可以埋了我们的春天啊

那些浅草与轻邑
落满湖面、天空和春天。风吹拂着裂口
应该给濡湿的眼睛，安上春天
安上人的尺度

爱的盲盒

爱着的人，变成风
吹动一身的铃铛
回声黏稠
爱的汗珠下坠
如水母通向唯一的去处

所碰撞的不是肉体，是打开盲盒的门
而我是你的聋人和瞎子

我在爱情题材里，献上了自己
我写出来“爱”时
因盲目而受罚
我背对爱，在迅速的枯萎中
毫无经验地恸哭

我不敢问：
究竟谁会无欲无求地
爱过我

光拥抱我了

以我的手，阻挡光的丝绸
静候，一次最小规模的雪盲
三月的北方
撤走了雪后的灰线

我要在临窗沙发上做一个小抱枕，或是做
一个安静滴水的雪球
山岭就可以翻过去
我不会告诉你，在北方我水土不服
那个冬天后
我无法对玫瑰、大雪和忙音抒情
我不能告诉你，她仅有的忠诚，渴望
她的求生欲

光又拥抱我了
那慷慨的光线
在未尽的三月，搭载了我
一定有比我更害怕雪的人
请把光
也转告给她

雪盛满了我们出发的船

我们所交换过的，惋惜和耳语
溢出身体的芍药
天真如一张被隆重赞美的白纸
还不够明白：
在用美行刑前，必须足够薄
不用寻我、寻你
我们在厨房和快递柜间散步
屈服于，飞一样过去的白天
疼痛的人在夜里醒来
暮年的雪盛满了我们出发的船
距离起点遥远
默默地，她在心里画着“如果，有来生”的线

几　何

不要催促我：快走，快走
仿佛我深陷雪地
如不行动，就会成为冰雪的妃子

那个声音竟来自我内心
使我无心欣赏
沙拉碗的芭蕾脚踝
牛角包、蘑菇汤和嘴角的碎屑

生活应该是干奶酪的几何
拿起一个：吃或者品

我坐下来梳洗
我的眼眶和心灵
未来的月亮临摹着今天的投影
过去……没有……未来……也没有
我只有今天

让我把芥色的甜酱，淋到千层酥上
也用你的话，淋满我的额头

座 位

在灰黑色的回廊
风吹着我和座椅，吹着我们弧形的空

由来，它拥抱过一个女人，带小猫的
一个被西装紧紧束缚的男子
有浓重乡音的抱怨，一哄而散
有妇人白净的手腕
搁在它清凉的鼻子处

多年前，它叫杨树还是榉树
另一根南方的藤蔓
像妻子一样箍着它
它不能挣扎
直到，时间催熟它们身体里的青

咯吱，咯吱
肉体对一张座椅的不幸
缺乏理解
一切都大过了它
我亦不能想象：我曾坐上它祈祷

遇见一棵大树

她身上有上一场雪覆盖过的小疙瘩
同伴披着浓密
唯独她，伸手。向天空比画着
铅笔画的简洁

在花园里遇见一棵大树
我捏揉着
她黏手的果实
颗粒细密的籽
一定藏满了女人需要的雌激素
粉红、血红、赭红、暗红
仿佛二十向五十的过渡

我童年中也有这样一棵树
我曾在它翻动叶片的声音中入睡
月影下
它的老灵魂弓身
为我盖上透明的秋天

屋顶花园

她带来了一篮子花朵
为此，她剪掉了不少盲芽

她去图书馆
带着春天才有的虚心
她看线装书
笑起来是低声的——低声里住着
扇面上的美人儿

剪掉盲芽就是她所能做的最生猛的事

她不关心辣椒油和口角
手指上只有楼顶的白云
为此她需要往内收起来……大脑的锋芒

看她叹气时我想：
上天造了这么好的女人
她的一滴汗
一滴泪、一滴尖刺扎出的血
和她从不提及的遗憾，没有存在过

一方屋顶的小花园
足以诞生花儿一样的好女人

折　返

上山时
我无细软
仅背负着密林里的啼啭
我要重新栽种：
松林里的涛声
山脊上的巨石
无人的小路
荷塘和竹林
栽种，一座村庄该有的简洁

我在林径中寻找我
该如何解释——我偶然地来到
又必然地折返
在仰望过的月色里
又一个我降临
我的折返以膝盖叩击地面
从此那许多路
铺满了我

空　山

山在一道最深的皱纹里
因无法掩藏
而对天空敞开了
尖锐的三角形
它的心只面向上帝的无人机
密林翻出绿边
因无人欣赏而
更绿
更汹涌
群山以空
编织七情六欲

我亦懂得我曾是一座空山
拥有佛龛造像般的美德
从未被砍伐、收割和焚烧
也从未隐姓埋名

一厘米的黄昏

下午六点。落入
一厘米的黄昏
阳台热烈
栏杆与风，挽着微温

可以假想另一个我：
鱼尾裙、水晶杯、餐前酒和一些恭维
一把银叉子敲响杯沿
惊醒了我
厨房中热汗满身的我
让我羞愧
当炊烟和暖光都大过了我
一厘米的黄昏
也会上演整夜的暴躁

足不出户的朝圣
——少有人走的道路
每根刺，都要亲自挑出

阿修罗

阿修罗，你还为空气写诗吗
你放牧的竹筏
在纸上拖出了水迹

阿修罗，一盏黑茶的比喻
你轻轻起身
把不合适的衫子紧了又紧
我看作，那烙满了你的称谓：母亲、妻子
别的……你在乎的

当船停在沙滩，水浸湿了你的床单

你在梦中看见有人吃了自己
你是美丽的飞鸟，起飞惊动了猎人
你落在
安全阀之外

阿修罗，我不该让你停止写诗
我不该让你的腹部隆起
你极其可怕地娩出悲剧的日常

每天，我替你想到你只有一生
我疑惑不已

阿修罗，我有一个哲学问题
那卸甲后的肉身是否仍是你
那仅有的余烬，灵魂还是你？

当我望向你的眼，那里蜘蛛结网
仿佛消失的是
你曾经的名字

而是，我现在这样

春日的下午
在低谷处坐着
数着分秒……新一年的份额充沛
哪些是激流、险滩和危崖？

——是良田亩亩。我心中，只怀有屡教不改的天真

是这样吧。一月栽种，二月棉花远行
三月的荷尔蒙涂满嘴
四月的树下我隔年的脸上铺满香樟气
五月，手指刺向乐观的六月

孩童的尖叫驮着春天由近及远
此时可以在弓上搭箭
保持静止
你可以抱啊闻啊亲吻啊躺进春光的湖泊
拥有春天最好的姿势不是想着她
而是，我现在这样

我。言语。潮汐。咖啡杯上的口红。她们通通和春天里的江水一起

往东，往东

一个女人。游进了河里

未亡人

整理一只老硬盘
我掉入了
时间的更衣室
黑白海报、抽烟的歌手和破洞牛仔裤的恋人
木吉他和西藏
总在循环的蓝调音乐和口哨
那时，它们总在我副驾驶前的抽屉里
车是新的
我刚刚热衷接吻

现在循环的，只有我头顶超载的日子
偶像在抽屉里
恋人败给了肥胖
和一口坏牙
只有我——还那样理想主义
我才是我们那个时代的未亡人

在电影院里

从一个白日的下午逃离开去

有什么打翻在黑暗中
一行小刺刮着喉咙
身后的，恋爱中的情侣
手还彼此握着

无人看见，也要忍住眼泪
但还是听到了抽泣声
悲剧的脸放大了
我在红色丝绒椅上微微战栗

灯亮起后
回到了大街上
哭过的双眼略微不适
却看什么都温柔

三　月

三月开始的时候
我封存了一颗万象更新的心
往北飞，有大雁
天空、不停歇的雪，像
是你递过来的手

三月的人们鱼贯而入
谁会注意到
拿着很少行李的我，竟然要把
树搬去听不见河水的山上

北方因此，诞生了极端的漩涡
使我羞耻
使我如道路旁裸体的桃花

我是带着斧子重新爱上三月的
像闻花时那么顺从
三月，承受了无数的开放和落下
也必然有我的
再一次栽种

西尔维亚[1]和瓶子

读着
越来越任性
西尔维亚的形象凝固在水泥中
如一只蛾虫，在琥珀里挥动衣袖

它自投罗网
钟形罩里等待良久
一只腹部美丽的蝴蝶
一副逻辑稀缺的皮囊

它挥动的翅膀逐渐融化
成为良家妇女不再研读的东西
旁观者，以细纱布擦拭口腔黏膜
直到它出血
直到所交换的不是吻而是认知

她一生追求成为一只硕大的瓶子
在此之前，她也曾是天空
是没动心之前的
辽阔

---

① 西尔维亚：西尔维亚·普拉斯，女作家，《钟形罩》的作者。

雌性的礁石

花纹对称的礁石
一个叫狄狄恩，另一个叫西尔维亚
还有一个供奉在
她自己的房间

她们让炉火缭绕
效仿她们显得疯狂
有人把礁石藏在舌头下
只对同类，吐出钥匙

礁石一样的女人，雌性浓度更高
但她们说：
够了
不必成为我
我的存在只为了彰显
那比例极小礁石
并不是人类所怀的畸胎

一首诗

不被发表
不被改正
不被爱过的人察觉
也不被同行议论
也许一首诗才是好的
如同只有自己知道的一道伤疤
轻轻抚摸

我宁愿一无所长

醒来时一切清晰
大洪水从山顶奔下
弯曲的小腿在被子下呼喊
从膝盖处游出一尾蛇和一尾鱼

醒来时
我双手合十
洪水和蛇，宗教的意味
难道，我已经到了嗟叹
暮色将至的年龄

不可避免
——我把其中的细节，看作一些警示
在梦中我已经获得了
渡劫的经验
可我依旧渴望好梦
我宁愿一无所长，只爱着人类

回忆录

笔记本里画了黑线的部分
是一道
年轻血管里的闪电
浮起了我的：
字迹、毕业照、千纸鹤和无所事事的银杏叶
自行车在草坪上的随意一放

我热爱的图书馆
看一眼名字就战栗不已的书
走过麦田而不摘取任何一株的、年轻的我
在往事中美丽而无辜

那一位痴情的人，你抄给我的句子，是否
在你的回忆录里让人脸色发烫

图书在版编目（CIP）数据

偏偏南方 / 敖斯汀著. -- 武汉 : 长江文艺出版社, 2025. 5. -- ISBN 978-7-5702-3907-8

Ⅰ. I227

中国国家版本馆 CIP 数据核字第 20256GF417 号

偏偏南方

PIAN PIAN NAN FANG

责任编辑：胡　璇　　　　责任校对：程华清

封面设计：源画设计　　　　责任印制：邱　莉　王光兴

出版：长江出版传媒 | 长江文艺出版社

地址：武汉市雄楚大街 268 号　　　　邮编：430070

发行：长江文艺出版社

http://www.cjlap.com

印刷：湖北新华印务有限公司

开本：880 毫米×1230 毫米　1/32　　　　印张：6.25

版次：2025 年 5 月第 1 版　　　　2025 年 5 月第 1 次印刷

行数：3402 行

定价：58.00 元